フウーおじさんの楽園

矢部《やべ》 恵美子《えみこ》

文芸社

目次

フゥーおじさんの楽園

本文イラスト　矢部恵美子

青空一面に広がった白い雲は、勢いよく流れて行きます。その流れは、少年と共に夢を追い続けた一人の男の人生に似て、雄々しく気高いものでした。この物語は、二人の大切な友情の証しです。

1 おじさんとの出会い

かずやは、今年10歳になる小学4年生の男の子です。以前のかずやは優しくて元気の良い、どこにでもいる普通の少年でした。

かずやの父は、お酒に酔ってはかずやと母に暴力を振るいました。母はそんな父が嫌になって、かずやを置いて家を出て行きました。父に殴られ、母に捨てられた今のかずやは、心にも体にも傷を負ってしまい、どこにも居場所がないと感じていました。

かずやが部屋で机に向かって本を読んでいると、いつものように酔っぱらった父が勢いよく部屋のドアを開け、かずやを怒鳴りつけました。

「おまえが悪い子だから、お母さんは出て行ってしまったじゃないか！」

「それは違うよ。お父さんがお母さんに暴力を振るったからじゃないか。それでお母さんが嫌になって出て行ったんだ。ぼくのせいにしないでよ！」

かずやは、本をバンッと机に叩きつけるように置きました。

「なにぃ!?」

父は顔を真っ赤にしながら手を振り上げ、かずやの顔を思いっきり殴りました。

「お母さーん」


かずやは、泣きながら家を飛び出しました。無我夢中で走って行き着いたのは、見たことのない広い野原でした。

「ぼうや、どうしたの？　泣いてるの？」

手にスコップを持った一人の男が、赤いタオルで流れ出る汗を拭きながら、かずやのことを心配そうに見ていました。

「後ろの森をすごいスピードで、通り抜けて来たんだね」

大きくてがっちりとした体格の男は、赤く目を腫らしたかずやを心配そうに見ています。

「あぁ、ぼく、森を抜けて来たんだ……急いで走って来たから、分からなかった」

かずやも手で涙の混ざった汗を拭いました。

「今日は、暑い日だな。フゥー」

額に汗をかいた男は、持っていたスコップから手を離し、かずやの方をちょっと見てから草の上に腰を下ろしました。

「ぼうやもここに座ったら？」

「……」

「ぼうや、そんなに怖い顔して、どうしたの？　フゥー、まだ5月だって言うのに暑い。おじさん暑がりだからこんな暑い日は苦手なんだよ。それに汗っかきだからタオルが手離せないんだ」

そう言うと、男はタオルを首に巻きました。

かずやは何も言わず、男と少し離れて座りました。

「ぼうや、顔にあざができているぞ？　誰かに何かされたのかい？」

「何でもないよ……」

かずやは父のことを言いたかったけれど、余所《よそ》の人には言ってはいけないと思っていたので、何も言えませんでした。たとえ言ったとしても、子供の言うことなんか相手にしてもらえないと思っていました。

「おじさんは、ここで何をしているの？」

かずやは、ニコニコしている男に話しかけました。

「うん。楽園を作っているのさ」

「楽園？」

かずやには、何のことだか分かりませんでした。

「うん、将来いろいろな人が住める楽園だよ。大人も子供も動物も、ここに住めるんだよ。体の弱った人や老人もね。ここで静かに本を読んでもいいいし、畑を作ってもいいし。森に流れる小川をここまで引っ張って来ようとも思っているんだ。水があれば、子供も動物も遊べるからね。つまり何でもありだ。フゥー。暑い……。それがおじさんのとてつもないでっかい夢なんだ！　この計画は絶対に実現させるよ！」

男は、遠くを見るように話しました。

「ふーん」

かずやは、俯《うつむ》いて言いながら、心の中では、〈このおじさん、何言ってんだ〉と思いました。

男のそばには、クワやノコギリなど、いろいろな道具が置いてありました。

そして生い茂った草むらには茶色の大きな犬がこちらに背中を向けて寝ていました。

「うわー、犬だ。大きいなぁ。怖いよ」

かずやは思わず体を丸めました。

「ぼうやは、犬が嫌いか。この犬はおとなしいから大丈夫だよ」

男はそう言うと、立ち上がって近くに置いてあったライトバンの中から犬用の水入れを持ってきました。

そして、犬の前に水入れを置くとペットボトルの水を注ぎました。犬はムクッと起き上がると、おいしそうにピチャピチャと水を飲み干しました。飲んだ後、全身をブルブルッと震わせました。

かずやは犬を見ながら恐る恐る立ち上がって、

「また来るよ、おじさん」

と小さな声で言いました。

「またおいで、ぼうや。おじさんはいつでもここにいるよ」

かずやは、犬が追いかけてこないか心配で、振り向きながら父のいる家へ帰りました。

2 フゥーおじさんとレインボー

家に戻ると、酔っ払った父が畳の上で寝ていました。ビール瓶が倒れていて、畳にビールの泡がにじんでいました。

かずやは、

「ふんっ」

と言って、父の足元を通って自分の部屋へ行こうとしました。寝ていたと思った父は、かずやの足を蹴りました。

かずやは、急いでベッドに入って布団を頭から被りました。まくらカバーは、かずやの昨夜の涙で薄い茶色のシミが広がっていました。

いつもなら泣いていたかずやですが、今日は違いました。

さっき野原で出会った男を思い出して気持ちが落ち着いていました。涙は出ませんでした。

「あのおじさん、いるかな」

次の日の学校の帰り、かずやはまた野原に行ってみました。

「おじさん！」

かずやは、働く男の後ろから大きな声をかけました。振り向いたのは、昨日と同じ日焼けした男の顔でした。

「おう！　昨日のぼうやか。フゥー。今日も暑いね。フゥー」

昨日と違って、大きな犬は元気に男の周りを走り回っていました。

「ワン！　ワン！」

「今日は、この犬元気だね」

「あぁ。良い犬だろ。この犬の名前、レインボーというんだ。虹という意味さ」

男は、レインボーの頭をがっちりとした太い腕で、そっと撫でました。

レインボーは、大きな体で男に擦り寄ってきました。

「そんなにくっついてきたら暑いよ。レインボー。ダメだよ。暑いったら！　レイ！」

男はタオルで額の汗を拭きました。そして、大きくてぶ厚い手でレインボーの背中を軽く触って言いました。

「虹には7つの色があるだろう。それには7つの意味も含まれているんだよ。勇気、夢、希望、優しさ、温かさ、美しさ、そして友情だ！」

「すごいんだね！」

かずやは言いました。

レインボーも自慢気にシッポを大きく振っています。

「レイって呼んでいいよ」

「うん！」

かずやは、嬉しそうでした。

その日以来、かずやは学校の帰りに野原に行くのが日課になっていきました。

「フゥー、また今日も暑いな。フゥー」

「おじさんは、いつもフゥー、フゥー言ってるね。フゥーおじさんだね。そう呼んでもい

いでしょ」

「フゥーおじさんか。ハハハ。こりゃあ、いいな。ぼうやの名前は？」

「かずや。佐野和哉《さのかずや》」

かずやは、落ちていた木の枝で地面の草の生えていない所に書きました。

「良い名前だ。和というのは仲良くするという意味もあるよ。かずぼうと呼んでもいいかい？」

「うん、いいよ。フゥーおじさんの名前は？」

「藤井風樹《ふじいふうき》」

男も木の枝でかずやの名前の横に強く書きました。

「やっぱりフゥーおじさんか」

かずやがそう言うと、男は大きな体を揺すって笑いました。

ここから男はフゥーおじさんとなり、この物語は続いていきます。

3 夢と希望と

それから、フゥーおじさんはいろいろなことをかずやに話しました。

建物の建て方、材木のこと、木の植え方、植物や花の育て方から、ノコギリやスコップなど道具の使い方まで熱心に教えました。

時々近くを通る人が、大きな男と少年が何をやっているんだろうと怪訝《けげん》な顔をして見ています。

それでも、毎日のようにかずやはフゥーおじさんとレイに会いに野原に来ました。レイもかずやを見るとジャンプして喜ぶようになりました。

野原の真ん中で、かずやとレイは転がるように遊びます。

フゥーおじさんといると、かずやの心は落ち着いてきて、どんどん元気になっていきました。

「フゥーおじさん、また来たよ」

「フゥーおじさん、早くみんなと住む楽園ができるといいね！」

かずやは、目を丸くして言いました。

「アハハ。まだまだ先だよ。かずぼうが大人になる頃には、出来上がるかな」

「じゃあ、ぼくも手伝うよ。どうやったらいいか教えてよ」

「そうだな。じゃあ、今日は、材木を運ぶのをちょっとだけ手伝ってもらおうか。でも無理するなよ」

フゥーおじさんは、かずやの口びるの端が、あざになっているのを知っていました。

「かずぼう、どこか他に痛い所はないか」

フゥーおじさんは、かずやの体にあざでもあるかのように心配そうに聞きました。

かずやは、少しずつ父のことを話し始めました。

「お父さんは仕事がうまくいかなくなって酒ばかり飲んで、ぼくをぶつんだ。お母さんは優しかったけど、ぼくを置いて家を出て行ってしまった。お父さんは、雨が降るとよけい機嫌が悪くなってぼくを殴るんだよ。いつも酒臭くて嫌だよ。でも、たまに優しくなる時もあるんだ。

お父さんは友だちもいなくて、いつも一人でいるよ。ぼくは、大人を信じられないよ。ぼくなんか、生まれてこなければよかったんだ。もうどうでもいいんだ、ぼくなんか……」

かずやは一気に話すと、涙が溢れ出てきました。

かずやの話をじっと聞いていたフゥーおじさんは、静かに話し出しました。

「夢や希望があれば、人は一人でも平気なんだがね。おじさんも、とっくに両親も弟も死んでしまった。長年おじさんは一人で生きてきた。今も一人で生きているんだけどね。でも、夢や希望があれば、友だちも見つかるさ。かずぼうのお父さんは、きっと誰かから心を傷つけられたんじゃないかな。夢や希望を持つのが人間なんだよ。かずぼうのお父さんは、自分を見失っているんだろうよ。だからやる気がなくなって、かずぼうに八つ当たりをしているんだよ。また暴力を振るわれたら、おじさんの所にいつでもおいで。でもかずぼう、人を信じないなんて悲しいことだね。大人は、子供を力で従わせるものではない。

みんな一緒に生きる仲間なのさ！　ここにいるレイも仲間だよ。おじさんは、良いパートナーに恵まれた。なあ、レイ！」

フゥーおじさんは袋からドッグフードを少し手の平に乗せて、レイに食べさせました。

「この社会の中で、かずぼうは何をやるために生まれて来たのかな？　これをやるためかな、あれをやるためかなと考えてごらん。楽しくなるよ。いいかい、かずぼう。そんなに泣くなよ。人を信じることは自分を信じることだよ。それに、この国には子供を守る法律があるんだよ。子供の幸せを守らなければいけないんだ。

本来、子供は生き生きと喜びに満ちあふれているものだよ」

フゥーおじさんは、泣いているかずやの頭を撫でました。

かずやは顔を上げると、

「フゥーおじさんみたいに、ぼくの話を一生懸命聞いてくれる大人もいるんだね。初めてだよ、フゥーおじさんみたいな大人と会うの。ぼくは一人ぼっちだと思っていた」

と言いました。

「かずぼうは、一人ぼっちじゃないさ。君がそばにいるだけで幸せだと思う人がたくさんいるよ。私もその一人だがね。おじさんは夢や希望がいっぱいあるから回りの人たちと仲良くしたいと思っているんだ。だから人も信じられるよ。かずぼうのことも信じているよ。おじさんは自分を信頼しているからね」

「お父さんは、酔うとぼくを撲《なぐ》って傷つける。フゥーおじさんに出会う前は、大人なんか大嫌いだった。信じなかった。お父さんはぼくを苛めるし、お母さんだってぼくを置いて出ていっちゃって今どこにいるのか、分からないんだ」

かずやの足もとの草は、涙で揺れていました。

「かずぼう、ちょっと座ろうよ」

そう言うとフゥーおじさんは、大きなリュックからチョコレートを出してかずやに渡しました。

4 フゥーおじさんの後悔

フゥーおじさんは、ゆっくりと空を見上げました。

「おじさんの作ろうとしているこの楽園は、子供が大人を信じて安心して成長できる場所さ。そしておじさんのような中年が安心して老後を迎えられる所でもあるんだ」

そう言うとフゥーおじさんは、両手を大きく広げました。

「フゥーおじさん、さっきフゥーおじさん、家族を亡くしたって言ってたでしょ？　お父さんも、お母さんも、弟もって……」

「あぁ、火事でね。３人とも死んでしまった」

「火事で？」

「うん。あれはおじさんが高校に通ってた頃だよ。あの頃のおじさんは悪くてね。不良だったんだよ。夜な夜な遊んでいたよ、友だちとね。朝、家に帰るのも珍しくなかった。

家《うち》は、お金持ちだったから遊ぶお金には、不自由しなかった。

弟は、おじさんと違って真面目で、勉強のできる子だったよ。友次《ゆうじ》って言うんだ。素直な良い子だったよ。

中学3年生だった。夜中までよく勉強していたよ。高校受験のためにね。

10月だったんだけど、すごく寒い日だった。まるで冬が来たんじゃないかと思うような震える夜だった。

その夜もおじさんは、家にいなかった。

朝方近くに帰って来たんだ。そしたらね……」

「そしたら？」

かずやは、首を横に傾けました。

「家が真っ赤に燃えていたんだよ。家の周りには、人集《ひとだか》りができていたんだ。

消防士もいっぱいいた。おじさんは、もう気が動転してしまった。家がボンボン燃えていたんだもの。もちろんおじさんは家族を助けようとしたさ。でも、消防士に止められて、何もできなかったんだ。

力が抜けていくってああいうことだと思った。何もかもが終わってしまった。

一瞬にしておじさんの家族はなくなってしまった。その時に初めて分かったんだ。家族が一番大切なんだって。

夜中、おじさんは遊び回ってて、家にいなかった。謝る相手は、もういないんだってね。放火犯は、直《す》ぐ捕まってね。父親の会社の部下だった。父親がその部下をリストラしたんだ。でも父親だってやむを得なかったんだ。祖父は、父親が働いている会社の社長だった。社長が決めたことで反抗できなかった。会社の命令で仕方のなかったことだったのに、それをアイツは逆恨みして……。いけない！　こんな話、かずぼうにしてしまって。ゴメンよ」

「ううん。フゥーおじさんもいっぱい悲しい目に遭ったんだね」

かずやは首を横に振って、フゥーおじさんをじっと見つめていました。

「さあ、かずぼう。今日はこのドングリを埋めたいんだけど手伝ってくれるかい？」

フゥーおじさんは、そう言うとポケットからドングリを出してかずやの手の上にいくつか置きました。

「うん！　いいよ」

固く閉じられていたかずやの心は、フゥーおじさんのおかげで少しずつ開いていきました。

「おや！　あんな所でレイが穴を掘っている。ちょうど草地の端っこだから、あそこにドングリを埋めるとするか。いつかこのドングリも立派な樫《カシ》の木に成長するだろう」

フゥーおじさんは目を細めました。

「レイ、もういいよ。そんなに深く掘らないで。レイも楽園の一員だから手伝ってくれているのかな？」

「ワンッ！」

レインボーが、空を見上げて吠えました。

「きっとレイはそうだとも！　って言っているんだ」

「かずぼうもレイの気持ちがだんだん分かるようになってきたんだね」

二人は笑いながらドングリを何カ所かに埋めました。

5

未来の設計図

ある時、フゥーおじさんは、丸めていた紙を広げて見せました。

「かずぼう、これを見てごらん」

「なーに、それ？」

かずやは、その紙を覗きました。

「これは、将来の楽園の設計図だよ。建物は、M字型になっているんだ。アルファベットのMの字だよ。良く日が当たるように、窓は、大きくしたいんだ。この辺に老人の休めるベンチを置いて、近くに花や緑をいっぱい植えるんだ。自然と対話するのは、重要なことだよ。この辺りには畑を作って野菜を育てよう。美味しい食事を作れるようにするんだ」

フゥーおじさんの太い人さし指は、設計図の上をなぞって行きました。そして大きく深呼吸すると続けて話しました。

「子供たちもそれぞれ自分の好きなことをするんだよ。みんなやりたい夢があるだろう。その夢に近づいていける場所も必要だね。それに大人も子供も良い関係を作っていける場所を作りたいんだ。でもね、一つだけルールがあるんだ」

「ルール？」

「うん、相手の立場を考えることだよ」

「なーんだ」

「それが、けっこう難しいんだよ。かずぼうも大人になれば分かるよ」

「ふーん、自分勝手な人が多いってことかな？」

「なんだ、かずぼう、分かっていたのか。たいしたものだ！」

フゥーおじさんは笑顔で言いました。

二人の目はキラキラと輝いていました。

「あっ、だめだよ！　レイ！　その設計図持ってっちゃ」

レイは、フゥーおじさんの設計図を咥えると喜んで走り回っています。

「レイ！　レイってば！」

かずやはレイを追いかけています。

「しょうがないな、レイは」

フゥーおじさんは、かずやがレイと走り回っている様子を見て微笑んでいました。

6月に入ると、フゥーおじさんは野原の隅に小屋を建て始め、そこで生活するようになりました。

「かずぼう、おじさんね、いいものを作ったよ」

フゥーおじさんは、不揃いのおにぎりをいっぱいお皿にのせてかずやに渡しました。

鍋の中にはいろいろな野菜が煮てありました。かずやのためにフゥーおじさんは、料理を作るようになりました。

かずやは、おいしそうに大きなおにぎりを頬張りました。

「楽園の建物、おにぎり型にしたら？　ほら、これみたいにふっくらとした形の建物だとみんな喜ぶんじゃないの？」

「ハハハ……、おにぎり型の建物か」

〈この子のためにしてあげられることは、何かな〉

フゥーおじさんは、ずっと考えていました。お父さんの暴力からかずやを守るために、児童相談所に何度も足を運んだりしていました。

「かずぼう、お父さんに苛められたら、おじさんが助けるからね。大人は子供の幸せを守らないといけないだ。それが大人の役目でもあるんだよ。お父さんと一緒に暮らさなくてもいいんだよ」

「うん。でもお父さん、最近、仕事を探し始めたんだよ」

かずやの頬っぺたは、大きなおにぎりのように丸く膨らんでいます。

「おいしかったよ」

「そうか。それは良かった」

「今度はぼくがフゥーおじさんに何か作るよ」

「ほーう。かずぼうは、何ができるのかな」

「サンドイッチ」

「それは、すごいね」

「パンの中にジャムを挟むの」

「それだけか。アハハ。フゥー、料理を作るのは、暑くて大変だ」

湯気の立つ鍋の前で、フゥーおじさんは汗を拭いています。

窓の外には、フゥーおじさんが作った物干し場があります。汗っかきのフゥーおじさんの下着やシャツや、お気に入りの赤いタオルがパタパタと風になびいていました。

その下でレイが気持ち良さそうに昼寝をしています。

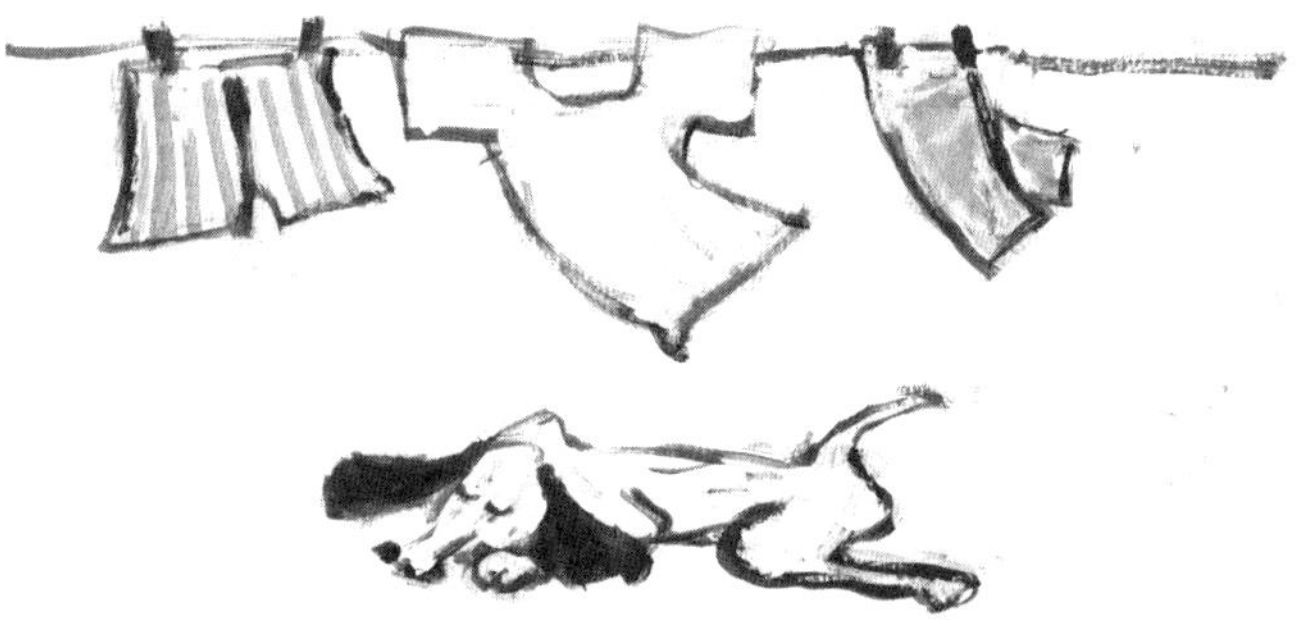

6 小さな可能性

――そして3年が、過ぎようとしています――

かずやも中学1年生になりました。フゥーおじさんの目指す楽園も順調に建設が進んでいます。最近では、フゥーおじさんの友人も、時々、手伝いに来ています。

あれは、近所の樹木の紅葉が、すっかり終わっている頃でした。

「かずや、買い物に行くけれど、一緒に行くか？」

「うん！」

かずやは、フゥーおじさんのライトバンの助手席に乗りました。

「ワン！」

後ろの席では、レイがシッポを振っています。しばらく行くと、大きな家が見えて来ました。

「新しくて立派な家だね。どんな人が住んでいるんだろう」

かずやは、楽しそうに車の窓を開けて見ています。

「あぁ、おじさんの友だちみんなが言ってた家かな。この辺にすごい家が建ったよってうわさしていた。本当に大きな家だね」

フゥーおじさんとかずやは、その後、用があるたびにその新築の家の前を通りました。

ある時、親子らしき家族が庭でテーブルを囲んで楽しそうにしているのが、目に入りました。

小さな女の子に、両親が話しかけているようでした。

「幸せな家族なんだろうね」

フゥーおじさんがそう言うと、かずやが、

「フゥーおじさん、車止めて！」

と突然言いました。

「どうした？　かずや」

「庭にいた女の人、お母さんだ！」

かずやは、車の窓から身を乗り出しました。

「お母さん？　かずやの？　家出した？」

「うん。お母さん嬉しそうだ……。でも嫌いだ！　ぼくを置いていったんだ……」

「そうか」

再びフゥーおじさんは車を走らせました。レイは後ろで静かに寝ています。

「女の子、小さくて可愛かったな。２～３歳くらいかな？」

フゥーおじさんの問いに、かずやはただ下を向いて黙っていました。

7

恐怖の中で見つけた勇気

あれは、白いものが空からチラチラと降り始めたある日の午後でした。

フゥーおじさんとかずやはライトバンに乗って買い物に行き、小屋へ帰る途中でした。

後ろの座席で寝ていたレイが急に、

「ワン！　ワンワンワン！」

と激しく吠えました。

「レイ！　どうした？　そろそろお腹が空いてきたか？　急いで帰るよ」

フゥーおじさんがレイに話しかけると、レイの様子がちょっと変でした。

濡れた鼻を上に向けて、

「ウーッ、ウーッ」

と唸《うな》っています。

「あっ、あの大きな家から煙が出てる！　火事だ！」

かずやも突然叫びました。あの大きな家の窓から、煙がモクモクと出ていました。

「行ってみよう！」

フゥーおじさんは急いで車から降りると、走ってその家に近づきました。かずやとレイも後に続きます。

「お宅から煙が出ていますよー」

フゥーおじさんは、だんだん強くなる雪の中を懸命に声を上げました。

フゥーおじさんは門から入って玄関のチャイムを押し続けました。そして、扉をドンドン叩きましたが、中からはまったく応答がありません。かずやは急いで携帯電話から消防署へ連絡しています。

「ワン！　ワン」

レイは大声で吠えて火事を知らせています。家の中からパチパチと燃えているような音や何かが倒れるどーんという音さえ聞こえてきます。

「誰かいますかー」

窓から覗くと、家の中では炎が揺れています。

「かずやとレイは危険だから離れていろ！　今、中から誰か泣いている声がした」

フゥーおじさんは、窓を足で蹴りました。硝子は割れて下に落ちました。

火が赤々と燃えあがるのが見えました。

その時、フゥーおじさんは思い出しました。

〈怖い！〉

フゥーおじさんが高校生の時に自分の家が火事になって、家族を亡くしてしまった事を思い出してしまったのです。

〈今ならまだ逃げられる！〉

頭の中にそんな考えが過《よぎ》った瞬間、フゥーおじさんは目をぎゅっと瞑りました。

ほんの数秒のことでした。目を開けると、

〈行かなきゃ〉

フゥーおじさんは、決断しました。

「かずやもレイも、中に入って来るなよ！」

と言って、持っていたタオルを鼻と口に当てて煙の中に勢いよく入って行きました。

部屋の奥の方から子供の泣き叫ぶ声が聞こえてきました。

「ママー、ママー」

そばには母親らしき女性が、箪笥《たんす》の下敷きになっています。

「大丈夫ですか？」

フゥーおじさんが声をかけても女性は返事をしません。気を失っているようでした。そんな母親の様子を見て、小さな女の子は、立ち竦んでいました。フゥーおじさんは、重い箪笥を力の限りに持ち上げて女性を助けました。

そしてテーブルの上にあった花瓶から花を抜いて水を女性の顔にかけました。女性は目を覚まして、

「まみ、まみちゃん、どこ？」

と言ってヨロヨロと立ち上がって女の子を見ました。女の子は、すぐに女性に、抱き付きました。

消防車のサイレンが、けたたましく聞こえて来ました。

〈遅いな。火災報知器が、壊れていたのか〉

フゥーおじさんは、思いました。

そして、恐怖で震えている母子を抱きかかえて出口を探しました。フゥーおじさんの体

も熱くなって火傷《やけど》をしていました。

女の子の呼吸は、「ゼーゼー」と荒くなり、女性もフゥーおじさんに力なく凭《もた》れ掛かっています。

そこに、天井に潜んでいた悪魔が突然、３人を目掛けて飛び降りてきました。上からシャンデリアが落ちてきたのです。

「うわぁーー」

咄嗟《とっさ》にフゥーおじさんは、母子をかばって、二人の上に覆いかぶさりました。

「痛い！」

フゥーおじさんの腕や背中から、汗ではない熱いものが流れました。

「フゥーおじさん！」

「ワン！」

水を被ったかずやとレイが飛び込んできました。

「入ってくるなと言ったのに」

フゥーおじさんは、かずやに肩を抱かれながら言いました。

レイもフゥーおじさんの顔をペロペロ舐《な》めました。続いて消防士たちが大勢入ってきました。

外に出ると、冷たい雪が白い妖精のように踊っていました。白い妖精たちは、フゥーおじさんと母子に優しく触れてきました。

「助かった」

抱き合う母子の前でフゥーおじさんは、火傷した唇で呟きました。

「良かった。みんな、無事だった」

かずやとレイも一緒にいるのを確認すると、フゥーおじさんの体は足元から崩れて行きました。

かずやが、母子の側で棒立ちになっている中で、フゥーおじさんも次第に意識が、薄れて行きました。

白い妖精たちもやがて踊り疲《つか》れて白い塊となり、フゥーおじさんたちが向かった病院をすっぽりと包み込みました。

8 7つのハードルの先へ

フゥーおじさんは、病院のベッドの中で長い夢を見ていました。

そこは、一面の銀世界で、1本の道がどこまでも真っ直ぐ続いていました。夢の中でフゥーおじさんは、レイと一緒にゆっくりと歩いていました。

すると突然、目の前に虹の形をしたハードルがいくつか、縦一列に現れました。

「1、2、3……」

フゥーおじさんは、手前のハードルから順番にハードルの数を数えました。

「全部で7つか。虹の7色ってわけか。手前から紫色、次が藍《あい》色でその次が青色に緑色で、黄色に橙《だいだい》に赤で終わるのか。

紫・藍・青、緑・黄・橙・赤か、鮮やかな色だな。レイならこのハードル、簡単に飛び越えられそうだな。でも、この雪道は最後のハードルまで上り坂になっているな。

俺、飛んでみようかな？　でも、上り坂だし、雪に足が取られて滑ってしまうかな。待てよ！　最後の赤色のハードルを飛んだら……。その先には、何があるのだろう。青空か？　いや、天国かもしれないな。まさかな……」

フゥーおじさんは、最後の赤いハードルの先を目を凝らして見ました。

「誰かいるみたいだ。俺の知ってる顔か？」

横にいたレイが、突然手前の紫色のハードルを上手に飛び越えました。

レイは、次の藍色のハードルも軽々と飛び越えました。

「レイ、楽しそうだな！」

レイは、すでに次のハードルに向けて走っていました。

「レイ、俺も飛んでみるよ！　でもちょっと高いかな。いや、やってみるよ！」

フゥーおじさんは助走をつけて、思いっきり一つ目の紫色のハードルを飛び越えました。

「飛べた！　飛べた！　面白いな！　レイ！」

フゥーおじさんは、子供のように喜びました。

レイはもう次の藍色のハードルを飛んでいました。フゥーおじさんもレイに続いて２つ目の藍色と３つ目の青色のハードルへと進んで行きます。

レイが緑色のハードルを飛び越えた時、最後の赤色のハードルの先にフゥーおじさんの亡くなった家族が立っているのがはっきりと見えました。父と母と弟が、大きく手を振っています。

「父さん！　母さん！　友次！」

フゥーおじさんも両手を高く上げました。

フゥーおじさんの両目からは、涙が流れ出てきました。懐かしい顔です。

「俺だよー。風樹だよーー。

そうか！　この虹のハードルを全て飛び越えれば、3人の所に行けるんだ！」

フゥーおじさんは、喜びました。胸がワクワクしてきました。

「急がなくちゃ！　待ってて！　すぐ行くよ！」

レイは既に黄色のハードルを飛び越えて、橙色のハードルも飛び越えていました。

フゥーおじさんも4つ目の緑色と5つ目の黄色のハードルを飛び越えました。

「後、残り2つだ！」

フゥーおじさんが言った瞬間、レイが振り向きました。

「ウーー、ウーー」

レイはフゥーおじさんの顔を見て唸っています。

「何だよ！　レイ！　どうしたんだ。俺の家族なんだ。大丈夫だ。良い人たちなんだよ」

「ウーー、ウーー、ワン！　ワン！」

レイは、まだ鋭い歯を見せています。

「そっちに行くなと言うのか！　嫌だよ！　俺は行くよ！　邪魔しないでくれよ！」

フゥーおじさんは、夢中でレイのいる橙色のハードルの所まで飛び越えて行きました。

「ギャン！　ギャン！」

レイは、犬の声とも思われない変な声で吠えています。

「一体、どうしたって言うんだ、レイ！　俺に向かって吠えるなんて！　俺に家族のそばに行くなって吠えているのか？」

するとレイは静かになってじっとフゥーおじさんの顔を見つめました。

「レイ！　俺、行かなくちゃいけないんだ。父さんや母さんや友次の所に行って謝らなくちゃいけないんだ。だから行かせてくれよ！」

レイは、それでもじっとフゥーおじさんの顔を見つめたまま、動こうとしません。

フゥーおじさんは、最後の赤色のハードルの先にいる家族に叫ぶように言いました。

「父さーん、母さーん、友次……、あの火事の時、俺、家にいなくてゴメンよー。俺、みんなを助けられなくて申し訳なく思ってるんだよー。それに俺、いつも夜遊びばかりしてゴメン。

会いたかったよ！　父さん！　母さん！　友次！

でも、俺、みんなのことを忘れてなんかいなかった。本当だよ！

俺、ひねくれてたんだ。父さんも母さんも完璧な性格（優秀で優しい）で一緒にいると息苦しかった。友次も頭が良くて、父さんと母さんは、友次ばかり可愛がっていると思ってた。でも近所の人から聞いたんだ。〈風樹は、家族にとっては、大切な宝物だ。大好きだ〉って言ってたんだね。それなのに俺は、逆らってばかりで……。

父さん、俺のことをもっと怒ってもよかったんだよ。

母さん、桜の花好きだったよね！　一緒に花見に行かなくてゴメン！

友次、おまえが高校受験に受かったら、御祝いしようと思ってたんだよ！　ゴメン。

何もできなくなっちゃった。

ダメな兄貴で、ダメな息子だった。

俺、良い人間になるよ！　人の為になるような立派な人間にね。

今まで家族を困らせていた償いをするよ！」

フゥーおじさんを見つめる家族は、微笑んでいました。

フゥーおじさんが、最後の赤色のハードルを飛ぼうとした時、後ろの方からかずやの声が聞こえてきました。

「フゥーおじさん、どこへ行くの？　まだフゥーおじさんの楽園、建ててる途中だよ。ダメだよ、戻ってきて！」

フゥーおじさんの足元では、レイがズボンの裾《すそ》に噛み付いて離しません。

目の前の母が、フゥーおじさんに何かをポーンと投げました。フゥーおじさんは、それを両手で受け取りました。小さな紙の袋でした。袋には、虹待草《にじまちそう》とだけ書いてあります。

「離せよ。レイ！」

フゥーおじさんがきつく言ったとたん、目の前のフゥーおじさんの家族は優しく微笑むと、パッと消えてしまいました。

その後、風と一緒にどこからか飛んで来た桜の花びらがフゥーおじさんの頬を撫でたかと思ったら、花吹雪となってフゥーおじさんの目の前を見えなくしてしまいました。

9 火事の原因

フゥーおじさんの意識が戻ったのは、火事から3日後でした。かずやがベッドの上に身を乗り出すようにして心配そうに見ていました。

「やっと気が付いたね、フゥーおじさん」

「薬の臭いがすると思ったら、ここは病院か……。あれは夢だったのか。夢でも懐かしかったなあ……。父さん、母さん、それから友次。みんな良い顔してたな。でも、俺が高校の時から30年近くたってるから、家族が俺の顔分かるわけないんだよな」

全身を包帯でグルグル巻きになった自分の体を見て、フゥーおじさんは小声で言いました。

「フゥーおじさん、ずっと熱が高くて魘《うな》されていたんだよ。大丈夫？　どう、痛い？」

「あぁ、痛いな……」

ベッドのそばに吊るしてあった点滴の袋を見ながらフゥーおじさんは、呟きました。

「あの母子《おやこ》は、どうした？」

「お母さんは、ここの病院に入院しているよ。腰を痛めているけど、でも元気だった。女の子はすごく元気だよ。よく喋っていたよ。煩《うるさ》いぐらいだったよ。さっき、まみちゃんって言ってた、女の子、お父さんと一緒にお母さんのお見舞いに来て帰って行ったよ。フゥーおじさんの所にも来たんだけど、フゥーおじさんぐっすり寝てたからそのまま帰った。お母さん、２週間くらいで退院できるんだって。ぼくを見てずっと泣いてた……」

「そうか……、お母さんに会えて良かったな」

「うん、まあ……」

かずやは、淡々と答えました。

「レイは？　レイは、どうしている？」

フゥーおじさんは、心配そうにかずやに聞きました。

「元気だよ。小屋の中に毛布を敷いてその上で寝てるよ。フゥーおじさんの友だちも代わる代わる食べ物を持って来てくれるよ。大丈夫だよ。ぼくも学校の帰りに見に行っているから」

「そうか。良かった。かずや、悪いけど窓を少し開けてくれないか。ちょっとだけ風に当たりたいんだ」

「いいよ。このくらいでいい？」

かずやが窓を開けると、ピンク色の花びらが風と一緒に数枚入ってきました。

「冷たくて気持ちがいい」

「フゥーおじさんは暑がりだからね。あれっ。フゥーおじさんの肩の所に花びらが落ちたよ。桜の花びらみたいだね」

「今、12月の初めだろ。桜の花びらじゃないだろう。いや、でも、これ桜の花びらだなぁ」

かずやは花びらをフゥーおじさんに見せました。

「春は、まだまだ先だよ。あっ、これは桜の花びらだ！　さっきの夢にも出てきたな。きれいだったなあ。ヒラヒラ舞っていたんだ」

「フゥーおじさん、窓、ほんの少しだけ開けとくね。あんまり開けると看護師さんに怒られるかもしれないから。しばらくの間」

「うん、ありがとう」

フゥーおじさんは、心配していました。自分の体のこと、楽園のこと、かずやとレイのこと。

〈これから、どうしよう……〉

心配しながらフゥーおじさんは、再び寝てしまいました。

かずやは傷を負ったフゥーおじさんを見て、自分はこれから何をフゥーおじさんにしてあげられるのかを考えていました。

慌ただしい足音が聞こえて来たかと思うと、白衣を着た医師が病室に入ってきました。

「いかがですか？　藤井さん」

医師は、フゥーおじさんの顔色を見ています。

医師の後ろには、ぽっちゃりと太ったピンク色の制服を着た看護師がいました。

看護師は、開いていた窓をピシャリッと強く閉めて、かずやを見て言いました。

「これから先生が藤井さんの診察をなさるから、お部屋を出て行ってね」

医師は、「廊下で少し待っててね」と優しくかずやに言いました。

「はい、分かりました」

かずやはそう言うとすばやく廊下に出て、何人かの看護師が廊下を忙しそうに右へ左へ歩いているのをぼんやりと見ていました。

そして再び考えていました。

〈ぼくは、これから一体フゥーおじさんに何をしてあげればいいんだろう。ぼくにできることってなんだろう……〉

火炎の原因はすぐに判明しました。消防署の調べでは、台所の火の不始末と分かりました。さらに分かったのは、時々この家に掃除に来る家政婦が、火を付けたとのことでした。あまりに立派な家で、それに仲のよい家族なので羨ましかったと涙を流して告げたということでした。

それに、火炎報知器が作動しないように操作していたのも、この家政婦でした。そのため、消防士の出動が遅れたのでした。

10 フゥーおじさんの勇気

２週間ほどすると、かずやの母はフゥーおじさんの病室を夫と子供と３人で訪れました。何度も何度も頭を下げ、助けてもらったお礼を言いました。そしてできるだけのことは致しますと言って、退院して行きました。

それから2カ月ほど経て、右足を引き摺るフゥーおじさんの姿が小屋で見られました。左腕にも、まだ包帯を巻いていました。レイは、飛び上がって喜んでいます。

「レイはフゥーおじさんが帰ってきて嬉しそうだね」

「あぁ。でもあまりくっついて来られると、まだ傷口が痛いんだよね」

そういうフゥーおじさんも嬉しそうでした。

「フゥーおじさん、さっき、消防署の人が来てたでしょ？」

「うん、おじさんが火事の時に人を助けたから表彰したいって来たんだ。でも断ったよ」

「そう。でも、みんなフゥーおじさんのことを偉いって言ってるよ！　死んじゃうかもしれないのに、真っ先に煙の中を助けに行ったってね！」

「おじさんは、偉くなんかないさ！　窓を割って煙の中に行こうとした時、火を見たら怖《おじ》気《け》付いてしまって、咄嗟に逃げようと思ったんだ。逃げるなら今だって。あの何秒という間に、逃げる理由を考えていたんだよ。怖かったんだ。昔、おじさんの家が火事に遭ったことを思い出していたんだ。だから偉くなんてないんだよ」

「でも、誰だって火を見たら怖がるんじゃないの。フゥーおじさんは、立ち向かって火の中に入って行ったじゃないか。勇気があるんだよ。空に向かって真っすぐそびえたつ木のようにフゥーおじさんは強いんだよ。それに虹の7色のようにね！」

「え？」

フゥーおじさんは、かずやの顔を見ました。

「フゥーおじさん、ぼくに会った頃に言ってたじゃない。忘れたの？　虹には、7つの意味があるって。それは、勇気、夢、希望、優しさ、温かさ、美しさ、そして友情だって」

「そうだったね。勇気か」

「ワンッ、ワンッ」

そばにいたレイが、フゥーおじさんに甘えてきました。

「そうだね。忘れていた。レイも勇気があるね。火事のときに俺を助けてくれたね。かずやも勇気があるよね！」

フゥーおじさんは、久しぶりに笑っていました。

「それはそうと、かずや、お母さんと会えて本当に良かったね」

「うん、お母さん、ぼくを置いて家出したこと、何度も謝ってた。それに新しい家族を持ったことも。お母さんね、家出した後すぐに会社に勤めたんだって。お金を貯めたら、ぼくを迎えに行くつもりだったんだって。でも会社の社長と仲良くなって結婚したんだって。それで真美《まみ》ちゃんていう女の子が生まれたって言ってた。それでぼくのお父さんとは、ちゃんと離婚したんだって……」

かずやは話しているうちに涙が流れてきて止まらなくなってしまいました。

「クーンッ」

そばにいたレイが、かずやの顔をペロッと舐めました。

「かずやが、泣くとレイも悲しいんだろうよ」

フゥーおじさんは、かずやにティッシュの箱を渡しました。

「お母さん、この間、家に来てぼくを引き取りたいって言ってた。お父さんすごく怒って、だめだって言って、またお酒飲み始めちゃったんだ。お母さんが『お父さん、まだこんな生活をしているの？』って聞いたんだ。それで、ぼく、お父さんは今、夜間の警備の仕事をしていて、ぼくとは擦れ違いの生活をしてるんだ。だから、あまり会うことはないし、フゥーおじさんみたいに助けてくれる人がいるから大丈夫だよって言ったんだ」

「そうか、かずやのしたいようにするといいんだよ」

フゥーおじさんは、あまり表情を変えませんでした。

「フゥーおじさん、ぼくね、さっきカレーを作ったんだけど、食べる？　温めてくるよ」

「うん、頂こうか」

「フゥーおじさんほど、うまく作れなかったけど、隠し味が入っているんだよ」

「隠し味？　何だそれ！」

かずやは、温めたカレーライスの皿をフゥーおじさんに渡しました。

「おいしいよ！　かずや、このカレー、何入れたの？　隠し味って、何？」

「誠意」

「え！　誠意？」

「まごころだよ」

「いっぱい入ってるな。誠意」

カレーライスの湯気の中で、フゥーおじさんの涙が揺れていました。

11

虹待草

春の始まりも近い頃、かずやの母の家族は、引っ越しをすることになりました。

かずやの母の夫の両親が病気になったので、看病のために遠くの夫の実家でみんな一緒に暮らすことになったのです。

火事で焼け落ちた家は、全部処分して売り払うことにしました。

母の夫は、見送りに来たかずやに微笑んでいます。娘の真美《まみ》もかずやに手を振っています。

母は、かずやに「いつでも遊びに来てね」と言って涙《なみだ》でぐちゃぐちゃになった顔をハンカチで拭っています。

かずやは、離れて行く母の家族の車を、見えなくなるまで淋しそうに見送っていました。

「バイバーイ、お母さーん！」

かずやは、大声で言いました。心地よく吹く春風も、かずやには遠く感じられました。

野原ではフゥーおじさんが一生懸命働いていました。

「ワンッ、ワンッ」

レイが元気良く飛び跳ねています。そのうち、レイがどこからか何かを見つけてきて、
フゥーおじさんに渡そうとしました。

「何だ？　レイ、俺の邪魔をするなよ！」

それは、小さな袋でした。

「え！　虹待草《にじまちそう》？　病院で見た夢に出てきた花と同じ名前だ。花の種が入っているようだ」

袋を開けて見ていました。

「レイ、どこからこれ持って来たの？」

レイは知らん顔して、広い野原を楽しそうに走り回っています。

「一休みするか」

フゥーおじさんは、痛めた足を摩《さす》りながら木材の上に座りました。

流れ出た汗をタオルで拭いています。

「虹待草か……。どんな花が咲くんだろう……」

フゥーおじさんは、流れて行く雲を目で追いながら思いました。

12 ハンド・オブ・マインド

――フゥーおじさんが怪我《けが》をしてから、17年が経ちました――

あの広い野原には、色とりどりの花が、咲いていました。小屋は取り払われて巨大なおにぎり型の建物が建っています。

フゥーおじさんとかずやの愛情を包み込むようなふっくらとした建物です。

遂にフゥーおじさんの楽園が、完成しました。建物の中には語らいの部屋があったり、疲れた人がゆったりと休める部屋もあります。病院も設置されています。庭にもいろいろな人がいました。ベンチには老人が、若い人たちと混ざって楽しそうに話をしています。ベンチの周りには、珍しい花が咲いていました。花びらが7枚付いていて、7色に分かれています。紫、藍、青、緑、黄、橙、赤のレインボーカラーのようでした。小さい木片には、虹待草と書いてありました。虹待草の花は、周りの人々に安らぎを与えています。

野球をしている子供たちの元気な笑い声も聞こえてきます。

庭の中にあるハーブ園では、無造作に帽子を被った痩せた男が、ハーブの手入れをしています。

「やっと晴れたね。さっきは雨が急に降ってきてびっくりしたね」

どうやらハーブだけでなく、その辺の花にも話しかけています。かずやの父でした。相変わらず、周りの人たちとは交わらず、一人でいることが多いようです。でもその瞳には、夢や希望がいっぱいでした。

木洩《こも》れ日《び》の下を大人になったかずやが、ニコニコと微笑んでいる男の乗った車椅子をゆっくりと押しています。

そう、車椅子の男は、あのフゥーおじさんでした。フゥーおじさんは、楽園を作るために無理をして働いたので、火事の時に傷めた足が、さらに悪くなってしまったのです。髪もすっかり白くなっていました。

傍らには、今は亡きレインボーが残していった犬のフレンドがいます。茶色の毛並みで愛嬌のある顔は、レイにそっくりです。

フゥーおじさんは、

「立派な楽園が出来上がったよ。みんな喜んでいるよ。やっと幸運の女神が、長い眠りから目覚めて微笑んでくれたよ。長かったよね」

と言って周りを見渡しました。

「フゥーおじさん、ここにドングリを埋めたんだよね」

みごとに生い茂った樫の木を二人は見上げました。

「私は、この楽園を作っている途中で、あの火事に遭った。以来、無理ばかりして、一旦《いったん》は良くなったのに、再び体を傷めてしまった。そのたびに楽園を作るのをやめようと思ったよ。でも、かずやが勇気を持って、諦めないでと励ましてくれたからやってこれた。かずやのお蔭だ。いろいろと苦しんだよ。ここまでくるには……。この広大な土地は、両親が残してくれた。私の両親は裕福だった。代々続く名家だったんだ。莫大な遺産を私が、全部引き継いだ。散々親不孝をしたのでせめてもの罪滅ぼしをしたかった。亡くなった両親と弟が、喜んでくれることは、何かとずっと考えていた。その答えが、楽園だった。この遺産を有効に使おうと思った。

私が、過去から立ち直るためと人の役に立つことが出来たら、とも考えたんだ。それに出来るだけ大勢の人と将来楽しく過ごしたいと思った」

「フゥーおじさん！　苦しみは、全て心の栄養だよ。ぼくはこれからもずっと一緒にいるよ」

「すっかり大人になったな。かずや、ありがとう。君は、私の人生の最高のパートナーだよ」

「ワンッ」

フレンドの高い声でした。

「ゴメン、ゴメン、忘れてたよ。フレンドも掛け替えのない私のパートナーだよ」

「助けられたよ。かずやにも友だちやみんなにも。楽園の人たちはみんな心の手を持っていて繋がっているんだよ。本当に楽園が完成して良かったよ。そうだ。かずや、この楽園の名前を付けてくれないか？」

「ハンド・オブ・マインドは？　フゥーおじさんいつも言ってるじゃないか、心の手って」

「うん、そうだね！　心の手」

「希望の楽園・ハンド・オブ・マインド」

フゥーおじさんとかずやは、同時に言うと強く握手しました。

フゥーおじさんの大きな手は、厚くて温かい手でした。

「フゥーおじさん、午後からおじさんの足のリハビリしなくちゃね。少しずつ良くなってきたからね。頑張れば、もうすぐ歩けるようになるからね」

かずやは、ポケットからハンカチを出してフゥーおじさんの額の汗を拭きました。

「フゥー。嫌だな。リハビリは大変だ。フゥー」

「フゥーおじさんのフゥー、フゥーが、また始まった。それにフゥーおじさん、主治医の言うことには従ってください」

「ハイ、ハイ、かずや先生。かずや先生の言う通りに致します。あの泣き虫だったかずやが、医者になるとは思わなかったよ」

「ぼくは、少しでもフゥーおじさんの役に立ちたいと思っていたんだよ。父に苛められていた

時、助けてくれたでしょ。

フゥーおじさんの傷めた体を治したいと思ったんだよ。友情からだよ。でも結果的に多くの人を助けることができた」

「友情か……。虹の中の意味にもあったね」

「うん。そうだね。フゥーおじさん、午後からもう一人看護師が来ますよ」

「あぁ、聞いているよ。すごい美人なんだってね」

「別に美人じゃないよ。傾くってね！ ただ、明るいのが取り柄の子ですよ。新人ですよ」

「かずや！ そりゃちょっと言い過ぎじゃないのか」

「大丈夫ですよ。妹の真美《まみ》ですよ！ フゥーおじさんに会いに来るんですよ。命の恩人に会うのが楽しみだって言ってました」

「私も楽しみだな」

その時、強い風が吹いてきました。樫の木の葉っぱがざわつきました。すると、ドングリの雨が降ってきました。痛い雨です。そして幸せの雨でした。ドングリが、コロコロといっぱい地面に転がりました。

13 楽園にかかる虹

　いつの間に来たのか、かずやの妻が息子と一緒にドングリを拾っています。息子は二人を見て、

「パパー、フゥーじい」

と両手いっぱいに集めたドングリを見せています。

「おうー、かずゆき」

フゥーおじさんとかずやは、かずやの息子に手を振りました。

かずゆきの周りでは、今年生まれたフレンドの子犬たちがじゃれあって遊んでいます。

「かずゆきも、もう3歳か……。早いものだ。月日が経つのは」

フゥーおじさんの顔は、幸せに満ち溢れています。

「フゥーおじさん、来年は桜の花も咲きますよ。ここでお花見しましょう。みんなで」

「そうだね。桜の花が見たいね」

そう言うと、フゥーおじさんは昔亡くなった母親の顔を思い出していました。

かずやは、フゥーおじさんの肩にそっと手を置きました。

「あっ」

ドングリを拾っていたかずゆきが、突然立ち上がって空を指さしています。おにぎり型の建物の上に、大きな虹が現れたのです。

「おう！　虹だね！　かずゆき。力強い虹だね」

フゥーおじさんも大声で言いました。

「まるで亡くなったレイのように元気の良い大きな虹だ！」

かずやも空を見上げて言いました。

「レイが、きっとみんなを守ってくれているんですよ！」

フゥーおじさんとかずやは、顔を見合わせました。

「ありがとう、レインボー。楽園は、見事に完成したよ！」

フゥーおじさんは、思わず叫んでしまいました。かずやも頷いています。

虹は、いっそう明るく輝いていました。

おにぎり型の大きな窓から何人か、手を振っています。

「友情には終わりがないんだ……」

フゥーおじさんは、額に汗を滲ませながら虹を見ていました。

「なあ、かずや。これからは雨上がりには空を見上げてみようと思う。タイミングよく、虹が現れたら、虹の向こうからレイがいつもの笑顔で、こっちを覗いているかもしれないからな」

心地よい風が転がっていたドングリを拾うと、フゥーおじさんの楽園を、通り抜けて行きました。

了

あとがき

友情をテーマにフゥーおじさんとかずやの強い意志を持った作品にしたいと思いました。

共に孤独の痛みを知り分かり合えたと思います。

そしてかずやは最後に両親を許すことが出来たのだと思います。

編集者の西村早紀子様を始め文芸社の皆様のお陰でこの童話は完成しました。文芸社には優秀で豊かな知識や感性をお持ちの方が多くいらっしゃいます。

皆様に心より感謝しております。

矢部恵美子

著者プロフィール

矢部 恵美子（やべ えみこ）

1952 年、神奈川県生まれ。
1975 年、玉川大学文学部芸術学科（油絵専攻）卒業。
2007 年、「第 4 回 日伊芸術驚異と美の饗宴」（イタリア）ヴェローナ美の創生賞（油絵）受賞。「金沢芸術祭 和楽 2020」（金沢 21 世紀美術館ギャラリー）にて油絵作品をギャラリー展示。
2023 年、「横浜赤レンガ芸術祭　和楽 2023」にてアクリル画作品と文芸部門で詩を展示。
小田急百貨店町田店にて、油絵・アクリル画の個展を数回開催。
他のギャラリーでも時々、個展を開催。
元絵画教室講師。
東京都在住。

■著書
『ネコのさんぽみち』（2004 年、文芸社）
『ふたごのうさぎ ピルルンとパルルン』（2007 年、新風舎）
『足うらの神さま』（2007 年、文芸社ビジュアルアート）
『心のままに』（日本文学館編集部・編、2008 年、日本文学館、志の月さえ名義で短編小説「大混乱」収録）
『南風に乗って』（2009 年、文芸社）
『素敵な瞬間』（日本文学館編集部・編、2011 年、日本文学館、短編小説「オオサンショウウオの気持ち」収録）
『矢部恵美子詩画集』（私家版、2011 年、広告代理店タケウチ製作）
『クロネコとおんがくか』（2018 年、文芸社）
『フークンとピッキ』（2018 年、文芸社）
『いいむしくんとわるむしくん』（2019 年、文芸社）
『やれば カタチになるさ！ 〜森のステキな大工さん〜』（2020 年、文芸社）
『アサガオのひとりごと』（2021 年、文芸社）
『矢部恵美子詩画集』（私家版、2023 年、新星舎印刷所）

フゥーおじさんの楽園

2023年８月15日　初版第１刷発行

著　者　矢部 恵美子
発行者　瓜谷 綱延
発行所　株式会社文芸社
〒160-0022　東京都新宿区新宿1－10－1
電話　03-5369-3060（代表）
03-5369-2299（販売）

印刷所　図書印刷株式会社

ISBN978-4-286-24284-2